AF750501

www.ingramcontent.com/pod-product-compliance
Lightning Source LLC
LaVergne TN
LVHW050828051026
849532LV00008B/3174

* 9 7 8 9 3 6 9 0 8 7 4 8 8 *

ریگستان سے چمن تک

مشتاق احمد تجاروی

Registan se Chaman tak *(Novelette)*
by: Mushtaq Ahmed Tijarwi
Edition: December '2024
Publisher :
Taemeer Publications LLC (Michigan, USA / Hyderabad, India)

ISBN 978-93-6908-748-8

کتاب	:	**ریگستان سے چمن تک**
مصنف	:	**مشتاق احمد تجاروی**
جمع وترتیب / تدوین	:	اعجاز عبید
صنف	:	فکشن
ناشر	:	تعمیر پبلی کیشنز (حیدرآباد، انڈیا)
سالِ اشاعت	:	۲۰۲۴ء
صفحات	:	۳۶
سرورق ڈیزائن	:	تعمیر ویب ڈیزائن

1

میرا نام سکندر ہے۔ میں پیشے کے اعتبار سے ایک ٹریول ایجنٹ ہوں اور شوق کے اعتبار سے سائنٹسٹ۔ میری کہانی بڑی عجیب ہے، میرا شوق الگ ہے اور میرا پیشہ الگ ہے۔ دراصل میرے پیشے اور میرے شوق دونوں میں نہ میرے شوق کا دخل ہے، نہ خواہش کا، بلکہ حالات کی کشتی ایسے رخ پر چلی کہ میں ٹریول ایجنٹ بھی بن گیا اور سائنٹسٹ بھی۔

میں ایک معمولی اور غریب گھرانے سے تعلق رکھتا ہوں۔ میرے والد پہلے ٹرک ڈرائیور تھے، ان کا اپنا ٹرک تھا، پھر انھوں نے وہ ٹرک بیچ

دیا۔ کچھ جمع پونجی اور بھی تھی، سب کو ملا کر ایک آٹو رکشہ خرید لیا اور ایک چھوٹا سا فلیٹ بھی خرید لیا تھا۔ دو کمروں کے اس فلیٹ کو پا کر ہم لوگ بھی اپنے آپ کو مالک کے مکان گردانے لگے تھے۔ آٹو چلا کر ان کی آمدنی اتنی ہو جاتی تھی کہ ہم آسانی سے گزر بسر کر رہے تھے۔

میری والدہ پرانے شہر کی رہنے والی تھیں۔ بریانی اور کباب کا شوق ان کی طبیعت میں رچا بسا تھا۔ نہاری اور قورمہ بہت اچھا بناتی تھیں اور شاید ہی کوئی دن گزرتا ہو جب ان میں سے کوئی نعمت ہم سے محروم رہ جاتی ہو۔ مرغن غذاؤں کی لذت اپنی جگہ، لیکن صحت پر ان کے مضر اثرات کا کوئی انکار نہیں کر سکتا۔ والدہ صاحبہ نے کبھی صحت کی فکر کی بھی نہیں، نتیجہ یہ ہوا کہ ہائی بلڈ پریشر کی مریض ہو گئیں۔ اوپر سے دواؤں کے استعمال میں بے احتیاطی اور بد پرہیزی نے ان کی صحت کو بری طرح متاثر کیا، لیکن وہ اپنی ہمت اور حوصلے سے زندگی کی گاڑی کو دھکیل رہی

تھیں۔ ان کے سر پر ہر وقت رسی کی طرح دوپٹہ بندھا رہتا تھا جیسے سر میں درد ہو اور ہر وقت اپنی صحت کی شکایت کرتی رہتی تھیں۔

والدہ کے سر میں درد ہوتا تھا یا نہیں، یہ تو معلوم نہیں، لیکن ان کی وجہ سے ہم سب لوگ دردِ سری میں ضرور بمتلا تھے۔ والد صاحب گھر آتے تو شکایتوں کا انبار ان کے سامنے لگ جاتا۔ وہ بیچارے کبھی چین سے کھانا بھی نہیں کھا سکتے تھے۔ کھانا کھاتے رہتے اور دنیا بھر کی شکایتیں اور جلی کٹی سنتے رہتے۔ جب ان کا پارہ چڑھ جاتا تو وہ بھی ترکی بہ ترکی ہو جاتے، لیکن والدہ صاحبہ آزمودہ کار شہسوار تھیں۔ ان کو مات دینا میرے کم سخن اور دریا دل باپ کے بس میں نہیں تھا، آخر ہار ان کی ہی ہوتی۔

روز روز کے جھگڑوں سے تنگ آکر انھوں نے گھر دیر سے آنا شروع کر دیا۔ اکثر باہر ہی سے کچھ کھا کر آتے اور اماں کی جلی کٹی سنتے ہوئے سو

جاتے۔ غالباً ان کی صحبت بھی بگڑ گئی تھی، اس لیے ان میں پینے کی بھی لت لگ گئی۔ اکثر پی کر گھر آتے اور آتے ہی سو جاتے، دن چڑھے اٹھتے اور نہا کر رات کا خمار اتارنے کی کوشش کرتے ہوئے جلدی سے تیار ہو کر ناشتہ کر کے آٹو چلانے کے لیے چلے جاتے۔

میری ایک بڑی بہن تھی۔ مجھ سے دس گیارہ سال بڑی تھی۔ مجھے اگر کبھی کسی پر سب سے زیادہ ترس آتا تھا تو وہی تھی۔ اگر میں اپنا موازنہ اپنی بہن سے کرتا تو ہر بار میری بہن جیت جاتی۔ اس کی زندگی کیا تھی، چلتا پھرتا عذاب تھی۔ اماں کو اور کوئی تو ہاتھ لگتا نہیں تھا وہ غبار اس معصوم بے زبان پر نکالتی تھیں۔ ہر وقت طعنے تشنے، ہر وقت کوسنے اور اوپر سے گھر کا سارا کام اور ہفتے میں کم از کم ایک دفعہ پٹائی کا انعام، اللہ توبہ زندگی تھی یا قیامت، لیکن میری بہن، نائلہ، کے پائے استقلال میں کبھی تزلزل نہیں آیا۔ وہ مشین کی طرح زندگی کے معمولات انجام دیتی

رہی۔ پہلے اسکول بھی جاتی تھی، ایک دفعہ ہائی اسکول میں فیل ہو گئی، والد صاحب نے دوبارہ امتحان دلوایا تو دوسرے درجے سے ہائی اسکول پاس کرلیا، لیکن اس کے بعد پڑھائی چھوڑ دی۔

میری عمر ابھی 10 سال تھی۔ مجھے حالات کی ستم ظریفی نے کافی حساس بنا دیا تھا۔ گھر کے گھٹن بھرے ماحول سے میں بھی راہ فرار تلاش کرتا تھا۔ اتفاق سے ہمارے گھر کے نیچے ایک ٹریول ایجنسی تھی۔ میں اسکول سے آنے کے بعد اس میں چلا جاتا۔ ایجنسی کے مالک ماجد چچا مجھ سے کبھی کبھی فرج کا پانی منگا لیا کرتے تھے، یوں میرے وہاں آنے جانے کو ایک جواز بھی مل گیا تھا۔ وہاں کام کرنے والے لڑکوں سے میری دوستی ہو گئی۔ ماجد چچا بھی مجھ سے بہت محبت کرتے تھے اور فرصت کے اوقات میں مجھ سے باتیں کرتے تھے۔ زندگی ان کی بھی ایسی ہی تھی جیسی ہماری تھی، وہ بھی اکیلے ہی تھے ان کے بچے

باہر تھے اور بیوی کا انتقال ہو چکا تھا۔ ماجد چچا کو نہ پیسے کی زیادہ حرص تھی اور نہ ہی کاروبار بڑھانے کا شوق تھا اور کرتے بھی تو کس کے لیے کرتے۔ بس وہ جس حال میں تھے اس میں خوش تھے۔ میں اسکول سے آنے کے بعد انھی کے پاس بیٹھا رہتا تھا۔ وہ کام بھی کرتے رہتے اور لوگوں سے اور کبھی مجھ سے بات بھی کرتے رہتے۔ مجھے ان کے کام سے کوئی دلچسپی نہیں تھی، بس میرے لیے وہ بیٹھنے کی جگہ تھی، اماں کی گالیوں اور کوسنوں کی رینج سے باہر۔

ماجد چچا کے دو بیٹے تھے دونوں نے سائنس میں پی ایچ ڈی کی تھی۔ پی ایچ ڈی کر کے ایک بیٹا امریکہ چلا گیا اور دوسرا برونائی میں کسی یونیورسٹی میں پروفیسر ہو گیا۔ میں نے تعلیم کے نام پر صرف یہی ترقی دیکھی تھی کہ سائنس میں پی ایچ ڈی کر کے پروفیسر بننا مجھے اور کچھ معلوم بھی نہیں تھا۔

ماجد چچا مجھ سے پوچھتے تھے کہ تم کیا بنو گے تو میرا ایک ہی جواب ہوتا تھا: ''میں سائنس میں پی ایچ ڈی کروں گا'' اور وہ ہنس دیتے تھے۔

دکان کے سامنے سے اکثر ایک سیدھے سادے نوجوان صاحب گزرتے تھے، مجھے وہ اچھے لگتے تھے۔ ان کی عمر 25۔26 سال کے قریب ہوگی۔ ایک دن وہ دکان پر آ گئے اور میں نے ان کو اس دن نظر بھر کے دیکھا۔ آنکھوں پر سنہرے فریم کی ریم لیس عینک جو نظر نہیں دھوپ اور فیشن کی کارستانی تھی، ان کے چہرے پر بہت جم رہی تھی۔ چہرے پر ہلکی داڑھی تھی جس میں کچھ سنہرا پن تھا۔ خط کی تراش ایسی تھی کہ ان کی شخصیت بڑی پروقار محسوس ہوتی تھی۔

مجھے اسی دن پتہ چلا کہ وہ یونیورسٹی میں فزکس کے پروفیسر ہیں اور اسی سال ان کا تقرر ہوا ہے۔ ان کو کسی کانفرنس کے لیے جرمنی جانا تھا اور وہ ٹکٹ کے سلسلے میں دکان پر آئے تھے۔ ماجد چچا سے ان کی کیا باتیں

ہوئیں ؟ مجھے معلوم نہیں۔ شاید انھوں نے ٹکٹ لے لیا تھا۔ جب وہ جانے لگے تو ماجد چچا نے میری طرف اشارہ کرتے ہوئے کہا: ''صاحبزادے بھی سائنس داں بننا چاہتے ہیں۔'' انھوں نے ہنستے ہوئے مجھ سے پوچھا: ''سائنس میں کیا پسند ہے؟'' میں نے بغیر سوچے سمجھے کہہ دیا ''فزکس'' وہ اور ہنسے اور کہا: ''میں فزکس پڑھاتا ہوں جب تم یونیورسٹی میں آؤ گے تو میں تمہیں ضرور پڑھاؤں گا''

یہ کہتے ہوئے وہ دو قدم آگے چلے گئے پھر پلٹ کر مجھے دیکھا اور کہا: ''ابھی میتھس محنت سے پڑھو'' کہتے ہوئے ان کی نظر اوپر اٹھ گئی اور پھر ان کی نگاہیں ٹنگی کی ٹنگی رہ گئیں۔ پھر ہڑبڑا کر منہ پھیرا اور چلے گئے۔

میں بھی جلدی سے باہر نکلا اور اوپر دیکھا تو میری بہن بالکنی میں کپڑے پھیلا رہی تھی اور ایمانداری کی بات ہے بہت حسین لگ رہی تھی۔ حسن سے زیادہ معصومیت نے اس کو اپنی آغوش میں لے رکھا تھا۔ اگرچہ

میری عمر کم تھی لیکن فلموں کی مہربانی سے میں ان جذبات سے واقف تو تھا ہی، میں نے محسوس کیا کہ پروفیسر صاحب پھٹی پھٹی نگاہوں سے کیا دیکھ رہے تھے، میرے اندر غصہ، خوف اور ایک طرح کی خوشی کے امتزاج سے جسم میں ایک نامعلوم سی لرزش محسوس ہوئی اور میں بہت دیر تک گم سم رہا پھر سب بھول گیا۔

پروفیسر صاحب ایک ہفتے تک غائب رہے اس کے بعد پھر نظر آنے لگے۔ میں نے خاص طور پر یہ بات محسوس کیا کہ ہماری دکان کے سامنے سے گزرتے ہوئے ان کی نگاہ بے اختیار اوپر جاتی تھی اور پھر سر جھکا کر چلے جاتے تھے۔ میں روزانہ ان کے ہاؤ بھاؤ اور چلنے کے انداز پر غور کرتا تھا۔ مجھے محسوس ہوتا تھا کہ کچھ بدل گیا ہے، ان کی چال ڈھال میں پہلے جیسی بات نہیں ہے۔ ایک دن اچانک وہ دکان میں آ گئے کچھ

ضمنی سی معلومات کی، مجھ سے کچھ پڑھائی کے بارے میں پوچھا اور بے خیالی کی سی کیفیت میں چلے گئے۔

چند دن کے بعد پھر آ گئے اور اتفاق ایسا ہوا کہ اس روز ماجد چچا کسی کام سے باہر گئے ہوئے تھے۔ میں نے کہا ''ماجد چچا 15 منٹ میں آئیں گے'' تو وہ انتظار کرنے بیٹھ گئے۔ مجھ سے بولے: ''تم ان کے بھتیجے ہو'' میں نے نہ چاہتے ہوئے اثبات میں سر ہلا دیا، شاید جھوٹ بھاری ہوتا ہے، چھوٹی سی زبان اس کو اٹھا نہیں پا رہی تھی اس لیے سر کے اشارے سے کام لیا۔ انھوں نے پھر اچانک پوچھا ''تم جانتے ہو اوپر کون رہتا ہے؟''

ایک سرد سی لہر میرے جسم میں دوڑ گئی، لیکن میں نے جواب دیا ''اوپر شمشیر خان صاحب رہتے ہیں، آٹو چلاتے ہیں ان کے دو بچے ہیں ایک بیٹا اور ایک بیٹی، وہ رات کو دیر گئے آتے ہیں''

میں بے تکان بولتا چلا گیا۔ میں گھبرا بھی رہا تھا کہ کہیں وہ مزید سوال نہ کر لیں، اس لیے میں نے پوچھ لیا ''آپ کا نام کیا ہے اور کہاں کے رہنے والے ہیں؟''

انھوں نے بتایا ''میرا نام محمد مونس ہے میں ناگپور کا رہنے والا ہوں، ماں باپ بچپن میں فوت ہو گئے تھے، خالہ نے پرورش کی تھی ان کا بھی انتقال ہو گیا ہے، اب سٹی سینٹر کے پاس ایک کرائے کے مکان میں رہتا ہوں اور یونیورسٹی میں فزکس کا ٹیچر ہوں''

ابھی ان کی بات پوری بھی نہیں ہو پائی تھی کہ ماجد چچا آ گئے اور پھر وہ تو ان کی طرف مخاطب ہو گئے اور میں خیالات اور خوابوں کی سحر انگیز دنیا میں کھو گیا۔

خواب اور حقیقت میں زیادہ فرق نہیں ہوتا، خواب بھی حقیقت کے پردے میں ہی جلوہ گر ہوتے ہیں، بس فرق اتنا ہے کہ خوابوں پر ہمارا

پورا اختیار ہوتا ہے جو خواب چاہیں اپنی آنکھوں میں سجالیں اور حقیقت پر پورا اختیار نہیں ہوتا۔ میں پروفیسر صاحب کی نگاہوں اوران کی توجہ کو سمجھ رہا تھا اور مجھے اپنی بہن کے لیے اس سے بڑا خواب دیکھنے کی بساط بھی نہیں تھی، لیکن میرے خواب کو حقیقت کا راستہ کون دکھاتا، بظاہر ناممکن نظر آرہا تھا، میری بساط نہیں تھی اور پروفیسر صاحب کا شرمیلا انداز ان کے لیے رکاوٹ بنا ہوا تھا ایک دیوار تھی جو میرے خواب اور پروفیسر صاحب کے خیالات کو ایک ہونے سے روکے ہوئے تھی۔

ایک دن میں نے دیکھا کہ سامنے سے ایک مولوی صاحب چلے آرہے ہیں، چال ڈھال جانی پہچانی اور شکل انجانی سی، میں ان کو غور سے دیکھتا رہا قریب آئے تو پہچانا کہ یہ تو پروفیسر صاحب تھے مجھ سے رہا نہیں گیا، دوڑ کر دکان سے باہر آیا اور پوچھا کہ سر یہ آپ ہی ہیں، انھوں نے میٹھی سی مسکراہٹ کے ساتھ جواب دیا ''ہاں بھائی میں ہی ہوں آج جمعہ کا

دن ہے اور میں جمعہ کو ہمیشہ یہی لباس پہنتا ہوں ، تم نے غور نہیں کیا ہو گا'' یہ کہتے ہوئے اوپر کو نظر اٹھاتے ہوئے چلے گئے۔

جمعہ کی نماز کے بعد خلاف توقع دکان میں آ گئے اور ماجد چچا سے بات کرنے لگے ، پہلے کچھ ٹکٹ وغیرہ کا بھی شاید ذکر کیا تھا اس کے بعد کہنے لگے ''جمعہ کو میری صرف ایک کلاس ہوتی ہے اور وہ ہو چکی ہے ، میں اب فارغ ہوں سوچا تھوڑی دیر آپ کے پاس بیٹھ لوں''۔

ماجد چچا نے خوش ہو کر کہا ''آپ کا استقبال ہے ، زہے نصیب ، خوش آمدید''

اس کے بعد غیر رسمی سی باتیں ہونے لگیں۔ دوران گفتگو ماجد چچا نے کہا ''کھانے کا وقت ہو گیا ہے ، اگر آپ کو تکلف نہ ہو تو ہمارے ساتھ ہی کھانا کھا لیجیے۔ گھر کا بنا ہوا سادہ کھانا ہے پتہ آپ کو پسند آئے یا نہ آئے ؟''

پروفیسر صاحب نے بڑی شگفتگی کے ساتھ آفر قبول کر لیا اور واقعی دسترخوان کی تیاری شروع ہو گئی۔ اس درمیان میں انھوں نے ماجد صاحب سے کہا ''جب سے خالہ صاحبہ کا انتقال ہوا ہے، گھر کے کھانے کو ترس گیا ہوں۔ اچھا ہے آج آپ کے ساتھ یاد تازہ ہو جائے گی''

ماجد چچا میری طرف مڑے ''جاؤ تم بھی گھر سے کچھ لے آؤ'' انہوں نے مجھ سے کہا۔

مجھے ڈر ہوا کہ کہیں وہ یہ نہ بتا دیں کہ میں اوپر رہتا ہوں۔ اس لیے جلدی سے کود کر باہر گیا یہ کہتا ہوا کہ چچا ابھی لاتا ہوں۔ گلی میں زینہ تھا مجھے یہ تو امید تھی کہ گھر میں گوشت ہی ہو گا، لیکن روٹیوں کا پتہ نہیں تھا۔ گھر گیا باجی چولہے پر روٹی پکانے کی تیاری کر رہی تھی، میں نے جلدی سے دو روٹیاں پکوائیں اور غوری میں سالن لے کر آ گیا۔ گرم روٹیاں تھی

۔ ماجد چچا نے پروفیسر صاحب کے سامنے رکھ دیں اس دن روٹیاں بھی کچھ زیادہ ہی خوبصورت بنی تھیں۔ ایسا لگ رہا تھا جیسے چاند کی ٹکیہ روٹی بن کر ڈلیا میں سما گئی ہو، پروفیسر صاحب دونوں روٹیاں چٹ کر گئے۔ میں دو روٹیاں اور لایا، انہوں نے وہ بھی صاف کر دیں اور کھانے کے دوران وہ بار بار روٹیوں کی تعریف کر رہے تھے۔

''ماجد صاحب! میری خالہ بھی بہت اچھی روٹی بناتی تھیں لیکن یہ روٹیاں تو ان سے بھی نمبر لے گئیں'' انہوں نے نوالہ نگل کر ماجد چچا کو مخاطب کیا۔ پتہ نہیں ماجد صاحب کو کیا سوجھی، انھوں نے شوخی سے کہا ''بھائی پروفیسر صاحب، اگر آپ کو یہ روٹیاں اتنی ہی پسند ہیں تو ہمیشہ ان کو ہی کھانے کا انتظام کر لیجئے، بنانے والی اچھی لڑکی ہے اوپر ہی رہتی ہے'' ماجد چچا تو شوخی کر گئے، پھر گھبرا گئے کہ میں نے یہ کیا کہہ دیا اور پروفیسر صاحب کا یہ حال کہ کاٹو تو لہو نہیں۔ پروفیسر صاحب کا حال تو کچھ اور ہی

تھا لیکن ماجد چچا سمجھے کہ ان کی بات ناگوار گزری، اس لیے بار بار معذرت کر رہے تھے کہ بھائی میں نے ہنسی ہنسی میں ہی کہہ دیا تھا مجھے معاف کر دیجیے گا۔

پروفیسر صاحب نے منہ سے **بمشکل نکلا**: ''اگر ایسا ہو جائے تو اچھا ہے''

اب دریائے حیرت میں غوطہ زن ہونے کی باری ماجد چچا کی تھی! وہ ایک ٹک انہیں دیکھتے رہے۔

کچھ دیر بعد ماجد چچا بولے ''بھائی وہ لوگ آپ کے جوڑ کے نہیں ہیں۔''

پروفیسر صاحب نے کہا ''آٹو رکشہ چلانا کوئی شرم کی بات تو نہیں''

ماجد چچا نے سنا، جہاں دیدہ شخص کی نگاہیں سب کچھ سمجھ گئیں اور وہ چپ ہو گئے۔

اس کے بعد کچھ دیر صرف اعصاب شکن خاموشی کا ڈیرہ رہا جس میں سبھی گھبرانے لگے اور تھوڑی دیر بعد محفل برخاست ہو گئی۔ پروفیسر صاحب شکریہ کہتے ہوئے چلے گئے۔

مجھے ان کی آواز پژمردہ اور چال تھکی ہوئی سی لگی جیسے کوئی جواری اپنا آدھا مال جوئے خانے میں ہار گیا ہو۔ ماجد چچا بھی گم صم رہے۔

آخر شام کو انھوں نے خاموشی توڑی ''بھائی یہ پروفیسر صاحب تمہاری بہن کے خواہش مند ہیں اور مجھے لگتا ہے کہ اس سے بہتر رشتہ تمہاری بہن کو نہیں ملے گا۔ میں شمشیر صاحب سے بات کروں گا۔'' انہوں نے مجھ سے کہا۔

ابا دیر سے ہی گھر آتے تھے اور اس حالت میں نہیں ہوتے تھے کہ ان سے کوئی بات کی جائے، اس لیے ماجد چچا ان کے انتظار میں رکے

رہے، جب وہ آئے تو ذکر چھیڑا۔ ''شمشیر صاحب، ضروری بات کرنی ہے، کل جلدی آنا اور پی کر مت آنا''

والد صاحب نے پوچھا بھی کہ ''بھئی کیا کام ہے'' لیکن ماجد چچا نے سختی سے کہا ''نہیں جب تم ہوش میں ہو گے تب بات کروں گا''

دوسرے دن والد صاحب اٹھے تو ان کو رات کی بات یاد آئی۔ انھوں نے اس دن چھٹی کر لی۔ 10 بجے ماجد چچا آئے تو ابا بھی دکان پر آ گئے۔

بہت دن کے بعد اس طرح ملنے پر کچھ گلے شکوے ہوئے پھر ایک قہقہہ لگا اور اس نے دوریوں کی ساری گرد اڑا دی اور یادیں اس طرح نکھر کر تازہ دم ہو گئیں جیسے کوئی گڑھیا لے کے کنارے نیم کا درخت پہلی بارش میں نہا کر سکرا اٹھتا ہے۔

''شمشیر صاحب، تم نے شراب کیوں شروع کر دی اچھا بھلا روگ لگا لیا'' ماجد چچا کہنے لگے۔ والد صاحب آبدیدہ ہو گئے، ٹھنڈی سانس بھری اور تقریباً کراہتے ہوئے کہا ''ماجد صاحب تم سے تو کچھ چھپا نہیں ہے، بتاؤ میں کیا کروں شراب کی تلخی سے میں زندگی کی تلخیوں کو کم کرنے کی کوشش کرتا ہوں''

ماجد چچا نے سمجھایا ''تم تو شراب میں ڈوب گئے، سکندر میرے پاس آ جاتا ہے اور تمہاری بیوی کے غصے کا سارا زہر تمہاری بیٹی نائلہ، اس بیچاری ننھی سی جان، کے حصے میں آگیا''

''بھائی مجھے احساس ہے، لیکن وہ اس کی ماں بھی ہے پیار بھی کرتی ہے، اس کا کام چل جاتا ہے'' ابا جان نے کہا۔

ماجد چچا نے موقع غنیمت جان کر کہا: ''اس کے رشتے کے بارے میں کچھ سوچا ہے''

ابا نے رواروی میں کہہ دیا : ''بھائی ابھی تو وہ صرف 21 سال کی ہے آج کل شہروں میں کچھ تاخیر سے ہی شادیاں ہو رہی ہیں۔ دیکھیں گے، ویسے رشتے کی تلاش میں ہوں''

''بھائی، تم ناراض نہ ہونا، میں تم پر اپنا حق سمجھتا ہوں اور نائلہ کو اپنی بیٹی سمجھتا ہوں اس لیے میں نے ایک رشتہ سوچا ہے اگر تم راضی ہو تو بات آگے بڑھائی جائے'' ماجد چچا نے آگے کہا۔

''بھئی ہماری مالی حالت کو دیکھتے ہوئے بات کرنا، دینے کو کچھ نہیں ہے'' والد صاحب نے کہا۔

ماجد چچا نے اطمینان دلاتے ہوئے کہا ''آپ اس کی فکر نہ کریں، میں نے ایک لڑکا دیکھا ہے، وہ یونیورسٹی میں پروفیسر ہے اور اس کی کوئی ڈیمانڈ نہیں ہے''

ابا تھوڑا مسکرائے اور پوچھا ''کس ٹریول ایجنسی میں پروفیسر ہے؟''

ماجد چچا نے زور دے کر کہا ''شمشیر صاحب! یقین کیجیے، سچ مچ پروفیسر ہے اور یونیورسٹی میں ہے''

ابا نے تذبذب کے ساتھ کہا ''اگر واقعی ایسا ہے تو کیا ساری دنیا میں لڑکیوں کا قحط پڑ گیا ہے کہ پروفیسر میرے گھر آئیں''

''بھائی لوگ طرح طرح کے ہوتے ہیں، وہ بہت شریف آدمی ہے اور اس کے آگے پیچھے بھی کوئی نہیں ہے'' ماجد چچا نے سمجھایا۔

آخر بہزار دقت والد صاحب تیار ہو گئے۔

منگل کے دن ملاقات ٹھہری، ہفتہ اتوار کی چھٹی تھی۔ پیر کو پروفیسر صاحب آئے۔ پتہ نہیں کیوں میری نظر ان کی چال پر ہی جاتی تھی، آج ان کی چال پہلے سے بھی زیادہ پژمردہ نظر آ رہی تھی۔ جیسے ہی وہ دکان کے سامنے سے گزرے۔ ماجد چچا اٹھ کر ان کے پاس گئے اور سلام کیا۔

''میں آپ کے ساتھ یونیورسٹی کے گیٹ تک چلوں گا اور اس دوران کچھ باتیں کروں گا'' انہوں نے پروفیسر صاحب سے کہا۔

پروفیسر صاحب نے کہا بھی کہ بیٹھ کر بات کر لیتے ہیں، لیکن ماجد چچا اصرار کر کے ان کے ساتھ چلنے لگے۔ راستے میں ان سے باتیں کیں اور تھوڑی دیر بعد واپس آ گئے۔

مجھے گھر بھیج کر والد صاحب کو بلوایا اور ان کو بتایا

''پروفیسر صاحب کل آئیں گے۔ ان کو نائلہ پسند ہے اور ان کی کوئی ڈیمانڈ نہیں ہے بلکہ وہ اس کے خلاف ہیں''

والد صاحب خشمگیں لہجے میں بولے ''لیکن وہ نائلہ کو کیا جانے؟''

ماجد چچا نے ان کے غصے کو نظر انداز کرتے ہوئے سختی سے کہا ''شمشیر صاحب! نہ پروفیسر صاحب اندھے ہیں اور نہ نائلہ کسی تہ خانے میں رہتی ہے۔ کسی روز دیکھ لیا ہو گا۔ آپ کے بچے شکل کے تو اچھے ہیں۔

آپ بلاوجہ بات کا بتنگڑ نہ بنائیں۔ گھر جائیں، بھابی سے مشورہ کریں اور نیک کام میں تاخیر نہ کریں۔ آپ جائیں کل صبح 10 بجے آپ کو چائے پلواؤں گا، اسپیشل موٹوانی کی'' یہ کہتے ہوئے انہوں نے والد صاحب کو تقریباً دھکیل کر دکان سے بھیجا۔

والد صاحب گھر آ گئے۔ میرے دل میں کیا آئی کہ میں بھی پیچھے پیچھے چلا آیا۔ دیکھا تو والد صاحب بڑی نرمی سے والدہ سے بات کر رہے تھے، لیکن ان کی ادائے نخوت ہنوز برقرار تھی۔ آخر والد صاحب نے مدعا بیان کر دیا۔ اس کے بعد والدہ تو پھٹ پڑیں

''رشتہ لے کر آئے ہیں، تیاری کیا کی ہے، بیٹی جوان ہو گئی ہے، ایک جوڑا کپڑا نہیں، جہیز کے نام پر ایک برتن نہیں، زیور کے نام پر ناک کی کیل تک نہیں اور کوئی ساز و سامان نہیں، مہمانوں کو کھلانے کے لیے

پیسے نہیں، شادی بیاہ کوئی بچوں کا کھیل ہے؟ معمولی بات ہے؟ کم از کم پندرہ بیس لاکھ کا خرچ ہوگا، گھر میں کچھ نہیں، کہاں سے شادی کروگے''

اس کے بعد بھی ان کی زبان چلتی رہی۔ لیکن مجھے حیرت ہوئی کہ والد صاحب تحمل کے ساتھ سب کچھ سنتے رہے کوئی جواب تک نہیں دیا۔ مجھے لگا کہ آج وہ بہت مطمئن تھے اس لیے والدہ کی ہر جلی کٹی ان کے اوپر سے ڈھلک رہی تھی، کسی بات کا ان پر اثر نہیں ہو رہا تھا۔

والدہ صاحبہ بھی کچھ دیر گرج کر اور کچھ برس کر کچھ پر سکون ہو گئیں۔ اس کے بعد والد صاحب نے پھر سلسلہ کلام شروع کیا اور اب نسبتاً بہتر ماحول میں بات چیت ہوئی۔ حساب و کتاب جوڑے جانے لگے کہاں سے پیسے مل سکتے ہیں؟ یہ اندازہ لگایا جانے لگا لیکن کوئی بہتر راہ نہ سوجھی۔

''ابھی بات پوری نہیں ہوئی ہے پہلے بات کر لیں۔ اس کے بعد کوشش کریں اگر اللہ نے چاہا تو سب ہو جائے گا'' آخر والد صاحب نے کہا۔

دوسرے دن والد صاحب اور پروفیسر صاحب کی ملاقات ہوئی۔ اگر ماجد چچا نہ ہوتے تو شاید کوئی بات ہی نہیں ہو پاتی، پروفیسر صاحب، یعنی جنہیں میں اب مونس بھائی کہتا ہوں، کی شرم اور والد صاحب کی اپنے حالات کی خفت مانع رہی اور دونوں ہی زیادہ تر خاموش رہے۔ بات چیت کے دونوں طرف کے مراحل ماجد چچا نے ہی طے کیے۔ مونس بھائی کے رشتے دار ویسے بھی نہیں تھے اور ہماری صرف ایک پھوپھی تھیں جن کو میں نے دیکھا بھی نہیں تھا۔ وہ لکھنؤ میں رہتی تھیں۔ دراصل میری پیدائش سے پہلے ہی میری والدہ صاحبہ اور ان کے درمیان کوئی جھگڑا ہو گیا تھا اس کے بعد وہ ہمارے گھر نہیں آئیں۔ وہ والد صاحب

سے بڑی تھیں میں نے سنا ہے ان کے تین بیٹے اور ایک بیٹی تھیں اور ان کے بیٹے امریکہ چلے گئے تھے۔ ان کے حالات ویسے بھی بہت اچھے تھے۔

ساری گفتگو کا حاصل یہ ہے کہ دو مہینے بعد نکاح کی تاریخ رکھی گئی اور یہ طے ہوا کہ مسجد میں نکاح ہوگا اور سادگی کے ساتھ رخصتی ہو جائے گی۔

مونس بھائی اس کے بعد چلے گئے انھوں نے چند دن بعد ہی ایک بڑا فلیٹ کرایے پر لے لیا۔ والد صاحب نے گھر آکر ساری باتیں والدہ کو بتائیں، لیکن انھوں نے بھی زیادہ بحث نہیں کی، پتہ نہیں کیوں وہ اب خاموش زیادہ رہنے لگی تھیں۔

البتہ اسی دن خود ہی والد صاحب سے کہا: ''اپنی بہن کو بھی دعوت دے دو''

اس وقت معلوم ہوا کہ والد صاحب اپنی بہن سے کبھی کبھی فون پر بات کر لیا کرتے تھے۔ والد صاحب نے بہن کو یہ خبر دی تو وہ بے انتہا خوش ہوئیں اور دو دن کے بعد ہمارے گھر آ گئیں۔ یہاں کے حالات کا اندازہ تو پہلے ہی سے تھا لیکن اپنی آنکھوں سے دیکھ کر پورے حالات کو سمجھ گئیں۔ اس لیے اپنے بیٹوں کو فون کیا کہ وہ اپنے ماموں کی مدد کریں۔ انھوں نے پندرہ لاکھ روپے والد صاحب کو بھجوا دیے۔ یہ رقم ہمارے لیے بہت بڑی تھی۔ ہم تصور بھی نہیں کر سکتے تھے کہ ہماری ساری پریشانی اس طرح حل ہو جائے گی۔ میری والدہ بھی یہ سن کر دنگ رہ گئیں اور اس دن وہ بہت روئیں پھر میری پھوپھی کا دامن پکڑ کر کہا ''مجھے معاف کر دو میں نے تمہارے ساتھ بہت زیادتی کی تھی''

دل کی دنیا بھی عجیب دنیا ہے یہاں سالوں تک کدورتیں اور غبار جمع ہوتے رہتے ہیں اور جب آنسوؤں کا سیلاب آتا ہے تو ساری کدورتیں

بہہ جاتی ہیں۔ میری والدہ کا دل بھی اس کے بعد ایک دم صاف ہوگیا اور ایسا لگا کہ جیسے ان کی بیماری بھی کم ہو گئی ہو۔ اب ان کے سر پر دوپٹے کی رسی نہیں ہوتی تھی اور چہرے پر ایک اطمینان بھری مسکراہٹ آگئی تھی۔ اس دو مہینے میں ایک دن بھی جھگڑا نہیں ہوااور نند بھاوج سگی بہنوں کی طرح رہیں۔ ہر ایک کی کوشش ہوتی تھی کہ وہ دوسری سے زیادہ کام کرلے۔

دو مہینے پلک جھپکتے گزر گئے۔ شادی کی تاریخ آ گئی میرے دونوں پھوپھی زاد بھائی اور بہن بھی آ گئے۔ نکاح کے لیے ہمارے گھر کے پاس کی ایک مسجد طے ہوئی۔ والد صاحب وہاں گئے اور بات کر کے آ گئے۔ وہاں میوات کے کوئی مولانا امام بھی تھے اور نکاح بھی پڑھاتے تھے۔ مغرب کے بعد نکاح ہوا اور پھر کھانا کھایا اور رخصتی ہو گئی۔ رخصتی کے وقت ہمارے گھر کا ہر فرد بری طرح سے رو رہا تھا لیکن مجھے

لگا کہ یہ غم کا رونا نہیں ہے بلکہ دلوں کے میل آنسوں کے سیلاب سے دھوئے جا رہے ہیں۔

شادی کے بعد ہمارے گھر میں عجیب طرح کا ٹھہراؤ پیدا ہو گیا، والدہ صاحبہ اکثر خاموش رہتیں اور والد صاحب بھی جلد گھر آتے، خاموشی سے کھانا کھاتے اور سو جاتے۔ اب سوچتا ہوں کہ وہ خاموشی شاید مستقبل کے اندیشوں کو لے کر تھی یا پھر گزشتہ دنوں کے طوفانوں کے بعد کی خاموشی تھی۔ بہر حال دونوں کو یقین نہیں آ رہا تھا کہ ان کی بیٹی اتنی آسانی سے رخصت ہو جائے گی۔ اسی درمیان میں پھوپھی کا فون آیا اور انھوں نے مجھے لکھنؤ بلا لیا۔ میں چھٹیوں میں لکھنؤ ہی رہا جب واپس آیا تو معلوم ہوا کہ مونس بھائی نے میرا داخلہ کسی دوسرے اسکول میں کرا دیا ہے اور اب مجھے اسی اسکول میں جانا ہے جو میرے گھر سے کافی دور ہے۔

اسکول کھل گئے تھے کل سے مجھے بھی اسکول جانا تھا مجھے معلوم نہیں تھا کہ اسکول کہاں ہے اور میں وہاں کیسے جاؤں گا، میں بھی خاموش تھا، لیکن والد صاحب نے مجھے بتایا کہ وہ خود اسکول چھوڑ کر آئیں گے۔ میں نے اپنے والد کو اس طرح گھر کی ذمہ داری لیتے کبھی نہیں دیکھا تھا۔ میں خاموش رہا، دوسرے دن میں جیسے ہی تیار ہوا، دیکھا کہ والد صاحب بھی تیار ہیں، والدہ نے مسکراتے ہوئے میرا ٹفن دیا اور والد صاحب کو بھی ایک ٹفن دیا اور جلدی گھر آنے کی تلقین کرتے ہوئے دروازے تک چھوڑنے آئیں۔

مجھے یہ سب خواب لگ رہا تھا میں نے اپنے گھر میں اتنا محبت بھرا ماحول اور ایک دوسرے کا دھیان رکھنے کا ایسا رجحان کبھی نہیں دیکھا تھا۔

میں سارے راستے اسی کے بارے میں سوچتا رہا، میں نے سوچا کہ کیا سب کچھ میری بہن کی وجہ سے ہو رہا تھا؟ تو پھر آج جو ہو رہا ہے وہ بھی تو

میری بہن کی وجہ سے ہی ہو رہا ہے۔ کیا یہ میرے والد کی غلطی تھی؟ لیکن وہ آج بھی بدلے ہوئے انداز میں موجود ہیں۔ کیا میری والدہ کی غلطی تھی؟ لیکن آج وہ جس انداز میں گھر کو دیکھ رہی ہیں وہ بھی تو وہی ہیں۔

مجھے لگا کہ اصل جھگڑا یہ تھا کہ ہمارے گھر کے سارے لوگ اپنی اپنی کمزوریوں کو چھپا کر دوسرے کو ملزم بناتے تھے اور کبھی انھوں نے نہ آپس میں بات کی اور نہ ہی ان معاملات میں کبھی غور کیا۔ آج بھی بات وہی ہے، لیکن آج ان کے اندر کی انانیت اور گھمنڈ ٹوٹ چکا ہے۔ اس لیے ان کی کمزوریاں ان کے لیے بے معنی ہو گئی ہیں۔ اب وہ ایک دوسرے کو نیچا دکھائے بغیر ایک دوسرے سے محبت کرتے ہیں، ایک دوسرے کے دکھ کو اپنا دکھ سمجھتے ہیں۔ مجھے لگا کہ میرا گھر پہلے ایک تپتا ہوا ریگستان تھا اور آج ایک خوشنما پھلوں اور پھولوں سے لدا

ہوا چمن ہے۔ نہ گھر بدلا نہ لوگ بدلے، سوچ بدل گئی تو سب کچھ بدل گیا۔

شاید زندگی کا یہی اصول ہے ہم باہر تبدیلی لانا چاہتے ہیں اور اندر کے تاریک باطن کو دیکھنا بھی نہیں چاہتے جب کہ حقیقت یہ ہے کہ اندر کے اندھیارے اگر مٹ جائیں تو باہر کی دنیا بہت حسین ہے اور اتنی حسین ہے کہ یہ عمر اس کو دیکھنے کے لیے بہت چھوٹی ہے۔

☒ ☒ ☒